02/15/21

herawn/ABCL

Para Avery, que probablemente
¡abrazaría también a un cocodrilo!
S. S.

Para Madeleine, mi dulce cocodrilita hambrienta.
J. D.

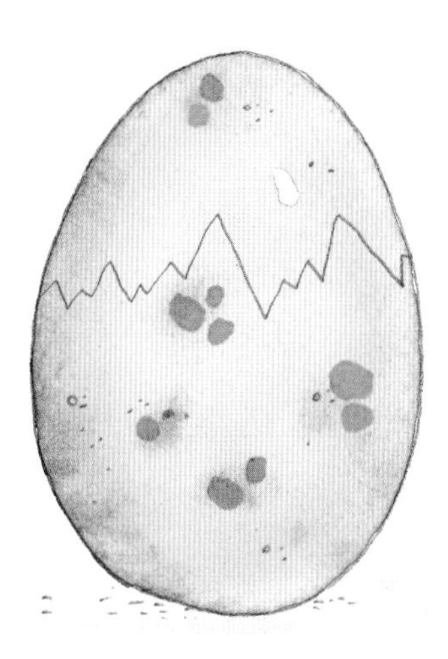

Título original: *The Crocodile Who Came for Dinner.*
Publicado en el Reino Unido por Little Tiger Press, un sello de LITTLE TIGER GROUP
1 Coda Studios, 189 Munster Road, London SW6 6AW. All rights reserved.

Primera edición: octubre de 2020

© 2020, Steve Smallman, por el texto
© 2020, Joëlle Dreidemy, por las ilustraciones
© 2020, Penguin Random House Grupo Editorial, S. A. U.
Travessera de Gràcia, 47-49 08021 Barcelona
© 2020, Vanesa Pérez–Sauquillo, por la traducción

Penguin Random House Grupo Editorial apoya la protección del *copyright*. El *copyright* estimula la creatividad, defiende la diversidad en el ámbito de las ideas y el conocimiento, promueve la libre expresión y favorece una cultura viva. Gracias por comprar una edición autorizada de este libro y por respetar las leyes del *copyright* al no reproducir, escanear ni distribuir ninguna parte de esta obra por ningún medio sin permiso. Al hacerlo está respaldando a los autores y permitiendo que PRHGE continúe publicando libros para todos los lectores. Diríjase a CEDRO (Centro Español de Derechos Reprográficos, http://www.cedro.org) si necesita fotocopiar o escanear algún fragmento de esta obra.

Realización editorial: Araceli Ramos
ISBN: 978-84-488-5606-9

Depósito legal: B-7.995–2020
Printed in China - LTP/2800/3362/0620

BE 5 6 0 6 9

Penguin
Random House
Grupo Editorial

STEVE SMALLMAN JOËLLE DREIDEMY

Traducción de Vanesa Pérez-Sauquillo

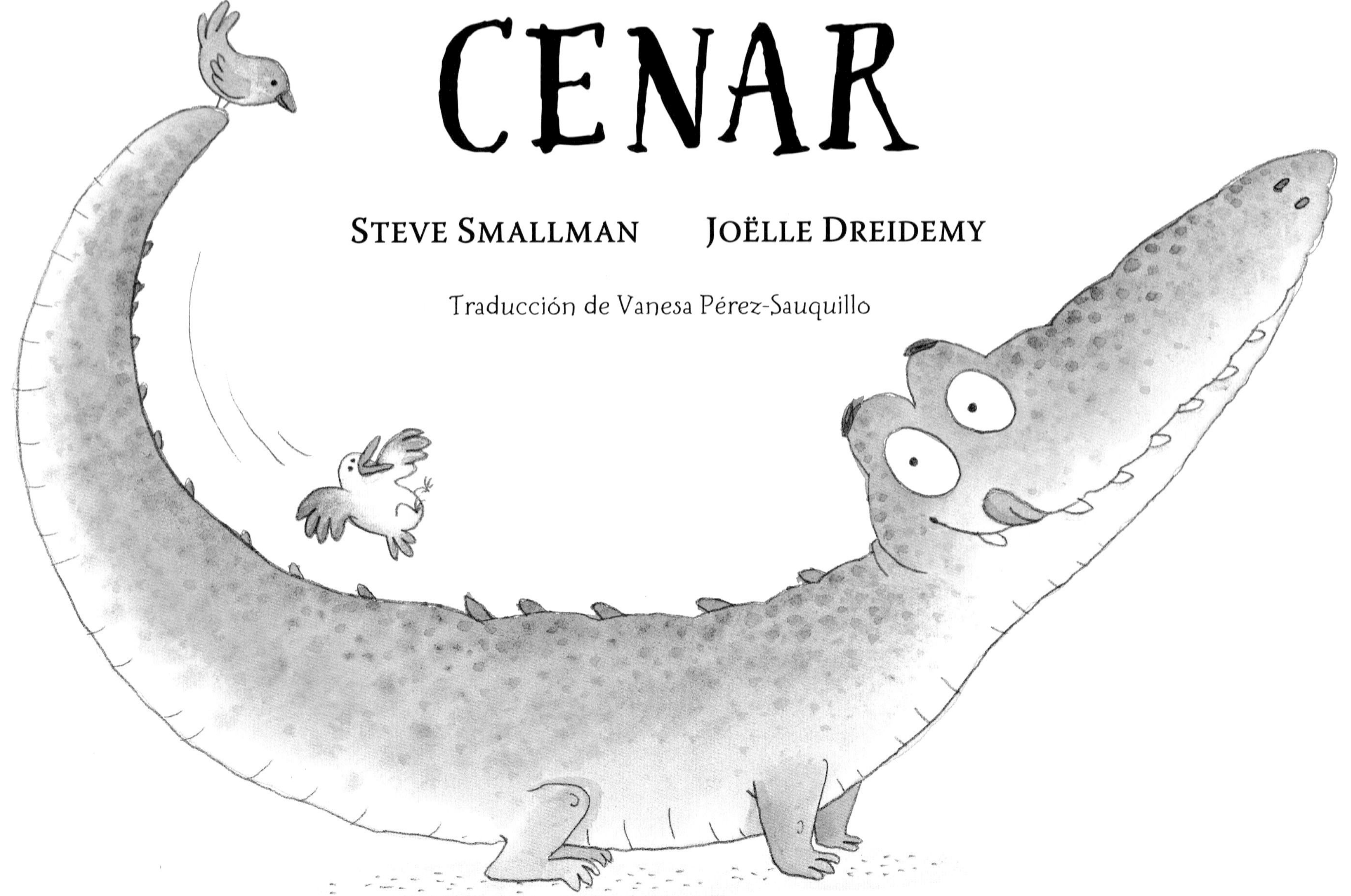

Estofado era una ovejita y el viejo lobo era un lobo.
Y eran los mejores amigos del mundo.

A veces hacían cosas de ovejas, como saltar por los prados.

Y a veces hacían cosas de lobos, como aullar a la luna.

UUUUUUUUU!
AAAAUUUUUUU!

Una noche encontraron un huevo.
¡Un huevo muy grande!

—¡Ohhh! ¡Qué maravilla! —gritó el viejo lobo—. ¡Puedo hacer una tortilla!

Estofado miró al lobo con dureza.

—No, *Dobo*, tortilla no, bebé pájaro.

Estofado hizo que el viejo lobo preguntara en todos los nidos que había cerca, pero nadie había perdido un huevo.

—¿Qué se puede hacer con un huevo perdido?
—se preguntó el lobo.
—«Perdido» no, *Dobo* —susurró Estofado—. «¡Encontrado!».
Después, lo envolvió para darle calor y con mucho
cuidado se lo llevó a casa.

—¡Puedes vivir con nosotros! —le dijo Estofado al huevo. El lobo asintió con la cabeza, intentando no pensar en lo rica que estaría la tortilla, cuando el huevo hizo...
¡CRAC!

¡Y salió de él un pequeño cocodrilo!
¡Hola, Tortilla!

Tortilla trepó al hombro
del lobo y le mordisqueó
la oreja.
—¡Tiene hambre! —dijo
Estofado riendo.
—Pero ¿qué comen los
cocodrilos? —se preguntó
el lobo.

Pronto descubrieron que
los cocodrilos comen de todo.
¡Hasta colas de lobos!

Se estaba haciendo tarde, así que el lobo arropó a Estofado en la cama y buscó una manta para Tortilla.

Pero el cocodrilo ya estaba cómodamente tumbado... ¡en la cama del lobo!

—No creo que... —bostezó el lobo, dejándose caer en su silla—, dormir con un cocodrilo mordedor sea una buena idea.
Entonces, Tortilla trepó por él y se acurrucó contra su pecho.
Y el viejo lobo, que nunca había sido abrazado por una Tortilla, pensó que a lo mejor todo saldría bien.

Pero por la mañana...
—¿Qué le ha pasado a mi cocina? —gritó el lobo.
—¡Ha pasado Tortilla! —respondió Estofado.
—Será mejor que lo saquemos a dar un paseo
—dijo el lobo suspirando—, ¡antes de que haga
más desastres!

Tortilla salió disparado por la puerta principal a la vez que llegaban los amigos del lobo.
—¡Aaaah! ¡Un cocodrilo! —chillaron cuando Tortilla saltó...

... ¡y les dio a todos un gran beso lleno de babas!

El viejo lobo y Estofado persiguieron a Tortilla entre los árboles,

a través del prado

y hasta el río...

¡CHOF!

... ¡donde Tortilla se tiró de cabeza para nadar!

—¡Nos va a zampar! —gritó un conejo.

—¡Tortilla no le haría daño a una mosca! —les dijo el lobo—. Es muy pequeño.

—Lo es ahora —refunfuñó Tejón—, pero ¡por poco tiempo!

Tejón tenía razón.
¡Tortilla crecía y crecía!

Pero aunque era ruidoso,
desordenado y comilón,
el viejo lobo y Estofado
lo querían mucho.
Y Tortilla los quería mucho
a ellos.

Muy pronto todos
los animales del bosque
también querían a Tortilla.
Bueno, casi todos.

—¡No os vais a reír cuando ese cocodrilo os trague de un bocado! —les advirtió Tejón, mientras las nubes negras oscurecían el bosque. Esa noche hubo una terrible tormenta.

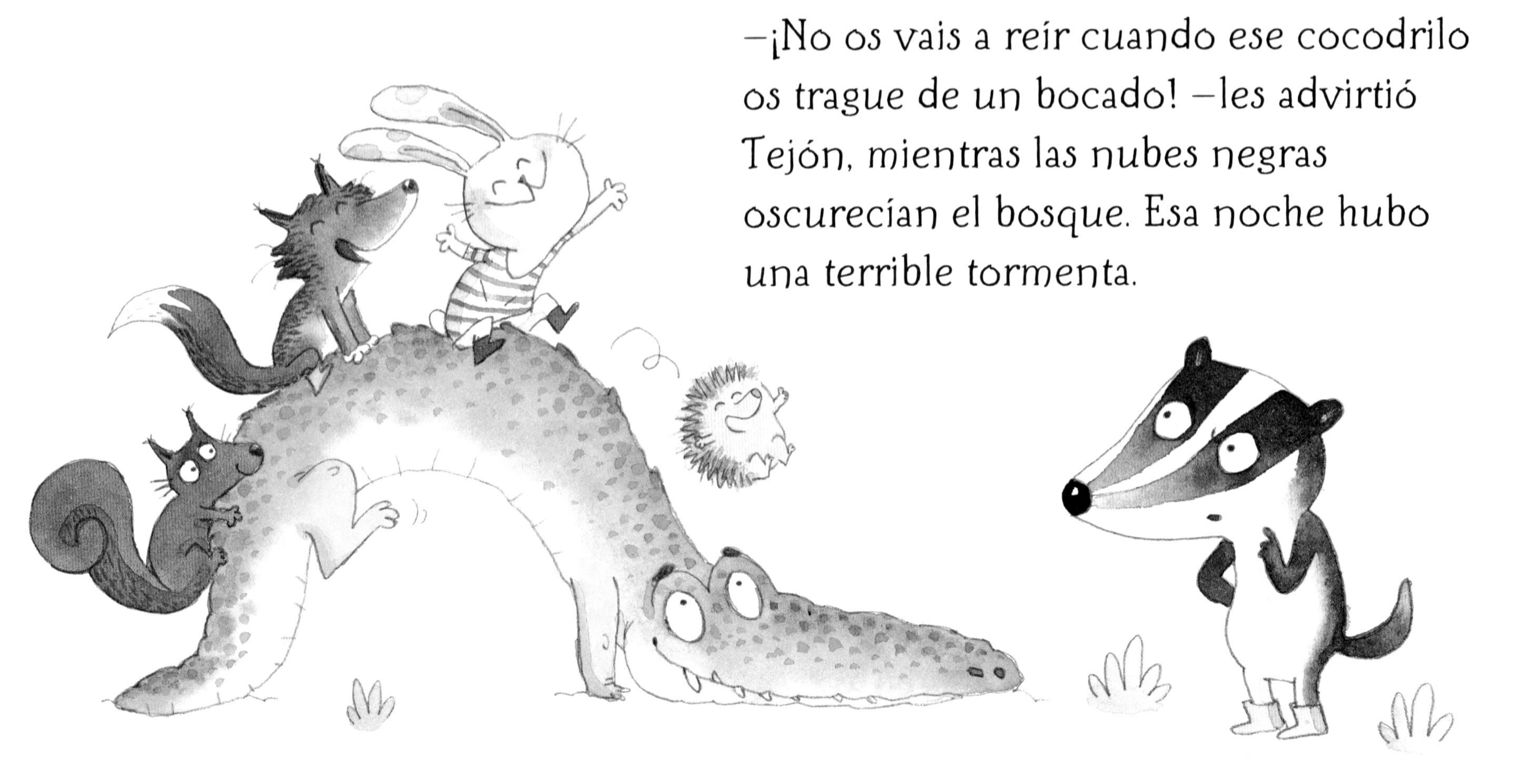

Y por la mañana el bosque
estaba inundado.
—¡Tortilla no está! —gritó Estofado.
Salieron corriendo a buscarlo.

Los animales miraron por todas partes.

Siguiendo unas huellas en el barro llegaron hasta el río, que corría muy rápido y estaba muy profundo.

—¡Mis patitos! —gritó mamá pata desde la orilla—. ¡Se los lleva la corriente!

—¿Quién los salvará? —gimieron los animales del bosque.
—¡Tortilla! —exclamó Estofado señalando al cocodrilo que nadaba con valentía hacia los patitos.

Entonces, todos gritaron sorprendidos cuando Tortilla abrió la boca y...

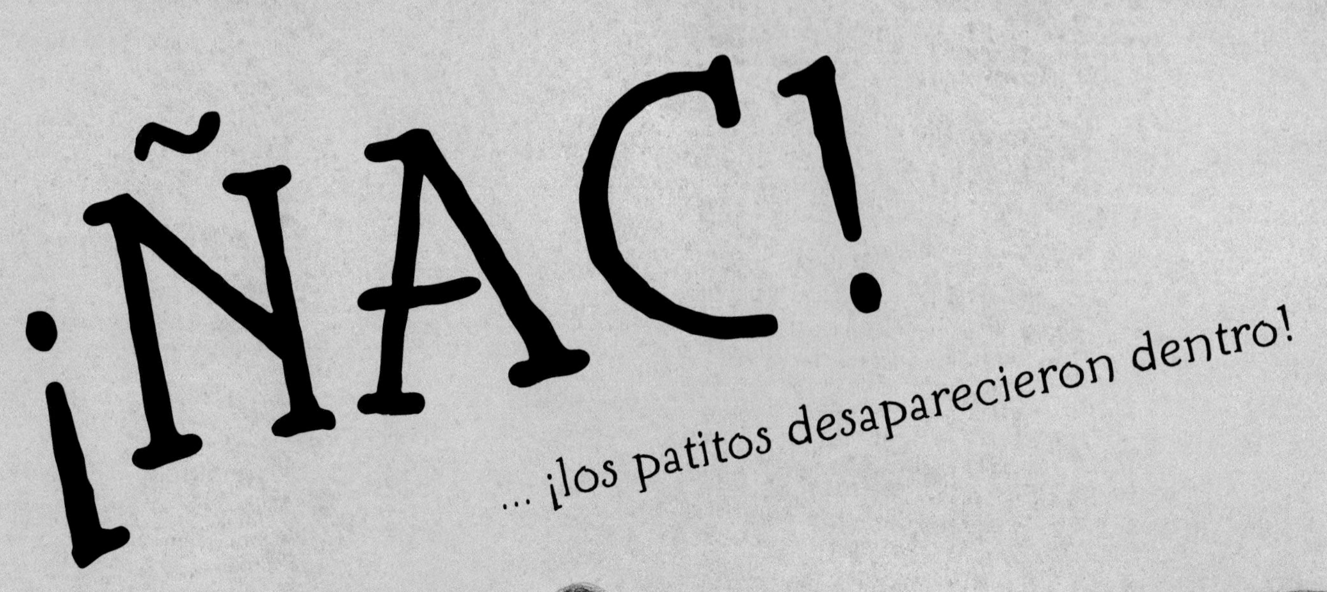

¡ÑAC!

... ¡los patitos desaparecieron dentro!

—¡Os dije que esto iba a pasar! —bramó Tejón.
El cocodrilo se acercó con un trotecillo hasta los animales, que se encogieron de miedo.
Abrió la boca y...

... salieron de un salto: uno, dos, tres pequeños patitos.

—¡Bien hecho, Tortilla! —celebró el viejo lobo, y Estofado le dio un enorme abrazo.

—¡BRAVO POR TORTILLA! —todos aplaudieron.
—Bueno, como yo siempre he dicho —presumió Tejón—:
¡es muy útil tener un cocodrilo cerca!
Estofado lo miró enfadado y Tejón paró de hablar.
Entonces, el viejo lobo llevó a Estofado y a Tortilla a casa,
donde todos vivieron felices entre mordiscos
para siempre.